COSMORAMA.

PRIX, 30 CENTIMES.

PARIS,

Chez CORRÉARD, libraire, Palais-Royal, galerie de bois.

10 mai 1820.

COSMORAMA.

—

Art. 1er.

Tous les jours on découvre de nouveaux vices dans le nouveau système d'élection , chef-d'œuvre des combinaisons de la haute politique oligarchique et ministérielle. Déjà plusieurs écrivains , dans des écrits polémiques nés de la circonstance, en ont fait ressortir les principaux inconvéniens, et les quatre-vingt-huit orateurs qui se sont faits inscrire contre cette loi anti-nationale, achèveront de démontrer dans une discussion solennelle que ses dispositions faussent évidemment la nature du gouvernement représentatif. Tout a été calculé dans le projet subversif de nos libertés, pour débarrasser les ministres d'une opposition qu'ils redoutent, parce qu'ils désespèrent de la voir s'écarter des voies constitutionnelles ; tout a été combiné, dis-je, pour ne donner à la nation que le plus petit nombre possible de députés patriotes , et surtout , pour que , dans ce petit nombre de représentans libéraux , il ne se trouvât point de ces hommes qui , doués d'un beau caractère et d'un beau talent , exercent une grande influence sur l'opinion. Il est urgent pour le ministère de se délivrer des cris importuns de certains députés opiniâtres qui s'imaginent avoir le droit de contrôler les actes de l'administration , et dont on ne peut gagner le silence ou la voix , avec des places , des titres ou des pensions.

Ce sont surtout les hommes à talent qu'on veut exclure; ce sont eux qui gouvernent dans un état constitutionnel, car ce sont eux qui forment l'esprit public. Il est fâcheux pour le ministère qu'il ne puisse pas nommer un directeur général d'esprit public , comme il nomme des directeurs généraux des contributions , des cultes, etc. S'il pouvait aussi s'approprier ce monopole, il lui serait bien plus facile d'arriver à son but. On me dira qu'il a bien eu l'intention de le faire, en s'emparant de la liberté de la presse ; mais ce n'est pas assez d'avoir asservi les feuilles quotidiennes ; l'indépendance des opinions s'est réfugiée dans leurs brochures ; et quand bien même on viendrait à envelopper les pamphlets dans une proscription générale, les députés courageux seraient là pour défendre la cause de la nation et pour combattre les ennemis de nos libertés : ils diraient tout haut ce qu'on n'aurait pas la liberté d'écrire, et la vérité ne serait pas entièrement étouffée. Mais si le nouveau système d'élection est adopté , avec une majorité dévouée et une minorité sans influence , les ministres pourront s'endormir dans une douce sécurité, à moins qu'une grande catastrophe ne les réveille en sursaut.......

Je crois qu'il eût été difficile de faire une loi plus mauvaise que celle qui vient d'être présentée *ex abrupto* aux mandataires de la nation. Quant à moi, elle me semble si dangereuse dans ses conséquences, que j'aimerais mieux que les colléges d'arrondissement (puisqu'on a voulu établir deux colléges) n'eussent le droit d'élire qu'un tiers des députés, mais directement, que de leur laisser le droit illusoire de présenter des candidats au collége suprême de département. Je proposerais un tel changement si j'avais l'honneur de siéger à la chambre des communes. Cette opinion peut paraître singulière au premier coup-d'œil ; mais en y réfléchissant avec attention, on trouvera qu'elle n'est point sans fondement. Sans doute si les électeurs du premier degré ne nommaient qu'un tiers des députés, la majorité de la chambre appartiendrait à l'oligarchie ; mais du moins la minorité formerait une opposition forte qui, par son influence, arrêterait les progrès de la contre-révolution. Par la composition des colléges telle qu'elle est présentée dans la nouvelle loi, l'oligarchie est également assurée d'avoir la majorité, et de plus il est aisé de prévoir que la minorité sera composée de citoyens honnêtes à la vérité ; mais qui n'auront pas assez de talent ou d'énergie pour défendre avec courage et dignité la fortune et les droits de leurs commettans.

Je sais bien qu'il est à-peu-près indifférent au ministère de compter au nombre de ceux qui votent en sa faveur, les orateurs et les écrivains les plus distingués ; content de sa supériorité numérique, il sait que la boule de tel ou tel membre du centre qui n'a jamais ouvert la bouche que pour demander *la clôture* ou *l'ordre du jour*, tient autant de place dans l'urne législative que les boules déposées par les orateurs les plus éloquens de la chambre. Il n'en serait pas de même pour la minorité qui représenterait les intérêts de la nation ; si des hommes d'un grand talent formaient cette minorité , elle aurait cette influence morale qui est d'un si grand poids dans un gouvernement représentatif.

Si au contraire elle ne renfermait dans son sein que des hommes médiocres , elle ne pourrait point représenter dignement les vrais intérêts de la nation ; en un mot , il vaudrait mieux que l'opposition n'eût que vingt députés comme la plupart de ceux qui siégent au côté gauche avec tant d'honneur et qui joignent l'éloquence au patriotisme , que d'en avoir cent pris parmi ces membres peu influens , accoutumés à déposer un vote silencieux ; car voici ce qui doit arriver parmi les candidats présentés par le collège d'arrondissement : il y aura nécessairement des candidats ultrà ou ministériels et des candidats libéraux connus par des opinions plus ou moins prononcées , et par des talens ordinaires ou transcendans. Il n'est pas douteux que l'olygarchie départementale, organisée comme on peut le supposer , choisira d'abord dans la première catégorie ; et si elle est obligée de recourir à la seconde , elle aura soin d'écarter tous les citoyens éclairés et courageux pour n'admettre que ceux dont elle n'aura à redouter ni le caractère , ni le patriotisme , ni les talens.

Art. 2.

La révolution et la contre-révolution qui étaient en présence depuis l'ouverture de la session, sont enfin aux prises ; la grande charte aristocratique est produite, bientôt elle va être discutée ; et déjà pleins de joie, les aristocrates nous montrent, dans la majorité qui a voté l'arbitraire, celle qui doit leur donner le moyen de recouvrer tous leurs priviléges.

Lorsqu'il y a un an le parti national accusait la faction aristocratique de travailler au rétablissement des priviléges, les écrivains de la faction ne manquaient pas de montrer beaucoup de mépris pour cette inculpation ; ils nous reprochaient de chercher à inquiéter, à soulever les esprits par des craintes que nous savions bien être chimériques, et ils protestaient hautement de leur respect pour la charte, pour la liberté, pour l'égalité des droits, et même, dans l'occasion, pour l'inviolabilité de la propriété ; mais cela ne pouvait tromper personne.

On les entendait sans cesse louer le passé aux dépens du présent, et puis en même temps, on les voyait donner tous leurs soins à préparer un ordre de choses dans lequel eux seuls devaient exercer les droits politiques ; on était donc fondé à dire qu'ils voulaient le rétablissement des priviléges, bien qu'ils protestassent du contraire ; car il était naturel que l'on en crût leurs actions plutôt que leurs discours. Les aristocrates, il est vrai, ne travaillaient pas directement à se donner des priviléges ; ils n'en étaient pas là encore ; avant de marcher au but, il faut avoir les moyens de l'atteindre; à cette époque, ils n'en étaient encore qu'aux moyens. Mais il aurait fallu être bien dépourvu de lumières pour ne pas voir qu'en visant à la supériorité politique, c'était les priviléges que les aristocrates avaient pour objet; car des droits politiques ne sont rien en eux-mêmes, ou plutôt ces droits ne sont que des charges, et personne ne les briguerait, sans doute, s'ils n'étaient le moyen des droits civils qui sont la fin.

Or, si les aristocrates demandaient exclusivement ou à peu près l'exercice des principaux droits politiques, c'était évidemment pour disposer des droits civils, pour les régler, pour les dispenser à leur gré, et l'on pouvait, dès lors, juger par leurs regrets, par les passions qui à chaque instant les trahissaient, et encore par la nature du cœur humain, de la part qu'ils comptaient nous faire, et de celle qu'ils se réservaient; on pouvait juger, dès lors, que tout serait fait pour l'aristocratie, et que les libertés publiques seraient détruites. Au surplus, l'événement justifie déjà ce qu'on avait prévu : à peine les aristocrates ont-ils la certitude de disposer du droit politique le plus important, celui d'élire, que déjà ils songent à toucher le but, et qu'un noble pair vient de proposer le rétablissement des substitutions. Voilà sans doute un brillant début, et qui peut promettre beaucoup.

Ici pourtant je dois faire un aveu : je n'ai jamais cru que la tendance des aristocrates vers les priviléges fût une chimère, aujourd'hui d'ailleurs c'est un fait; mais ce que j'ai toujours considéré comme une chimère, c'est la possibilité du rétablissement des priviléges; car il me semble que toute la question se réduit à ceci: la nation le veut-elle? Or, sans doute la nation ne le veut pas.

Et si en 1789 elle renversa si facilement cette aristocratie, dont l'organisation remontait à des siècles, dont l'exis-
tence, dont les abus même se trouvaient liés aux mœurs,
aux habitudes, à l'éducation ; qui joignait à l'avantage de
tenir tous les postes du pouvoir l'influence des richesses
et de la réputation militaire ; si malgré tant de circons-
tances favorables qui protégeaient ce colosse, il suffit à la
nation de vouloir pour le voir tomber en ruines, comment
les faibles débris qui ont survécu à sa chute parvien-
draient-ils à rétablir leur antique domination ?

Les intérêts qui ont renversé l'aristocratie il y a trente
ans, se sont accrus et se sont fortifiés encore de tous les intérêts qui sont nés de la révolution ; ce qui reste de l'aristocratie est en présence d'une génération qui a été élevée
dans l'horreur du régime des priviléges et des supériorités
politiques. Ces restes de l'aristocratie possèdent encore
les grandes propriétés, mais ne possèdent pas à coup sûr,
comme autrefois, la plus grande partie de la propriété,
ils n'ont donc plus l'influence qu'ils tiraient de là ; ils ne
jouissent plus d'aucune réputation militaire ; et, sous ce
rapport même, soit à tort soit à raison, ils sont plutôt
l'objet du ridicule que de la crainte. Enfin, pour asservir
une génération aguerrie par vingt ans de combats, et chez
laquelle le sentiment de ses forces est exalté par vingt ans de
victoires, quels sont leurs moyens ? quelques restes pres-
que inanimés d'une génération qui va s'éteindre, quelques
débris de la Vendée, quelques uniformes de cour et des
Suisses.

Il est vrai que l'aristocratie a pour elle encore, en ce mo-
ment, l'avantage de la position, qu'elle peut disposer des
moyens du gouvernement ; mais la puissance que donnent ces

moyens est subordonnée nécessairement à l'assentiment de la nation ; ces moyens dirigés dans l'intérêt de l'aristocratie n'offrent donc qu'une bien faible ressource.

Dans la position où nous sommes le gouvernement peut faire des lois à son gré, et nous l'avons éprouvé : ainsi il peut bien faire décider par une loi que la Charte sera détruite ; mais le sera-t-elle pour cela ? voilà ce qui est fort douteux.

Si la Charte ne représentait autre chose qu'un morceau de papier, qu'une forme de délibération , rien ne serait plus facile que de la mettre au néant : il suffirait pour cela de lui opposer un autre morceau de papier , une autre forme de délibération ; mais la Charte représente tous les intérêts qui ont fait la révolution et qui en sont nés , c'est-à-dire , les intérêts de la nation tout entière : c'est donc dans la nation qu'elle vit; c'est donc là qu'il faut lui porter le coup ; les aristocrates le sentiront-ils ? je n'en sais rien , mais, dans ce cas , je craindrais beaucoup plus pour les aristocrates que pour la nation.

Art. 3.

Des gens qui , depuis trente ans , n'ont cessé de rêver la contre-révolution, se plaisent à voir dans l'armée un instrument dont ils pourraient se servir pour y arriver. Donnez un sou de plus aux soldats disait un ultra du faubourg Saint-Germain , et vous en ferez ce que vous voudrez. Il n'était point Français et ne connaissait point les soldats Français, celui qui a avancé qu'on pouvait marchander et acheter l'honneur de nos braves. Sans doute , les preux de notre âge croient avoir affaire à des soldats mercenaires qui vendent leur sang à prix d'argent ; ils sont dans une grande erreur. De tout temps l'honneur fut la religion du militaire Français. Dans nos temps de trouble et de discorde, la justice et l'humanité s'étaient réfugiées sous leurs drapeaux ; ils ont été éblouis par la gloire ; mais jamais le mot de *Patrie* n'a été rayé du dictionnaire des armées Françaises. Sortis de la classe des citoyens et destinés à y rentrer après l'expiration de leur service, jamais ils ne tourneraient leurs armes contre les défenseurs des droits qu'ils sont appelés à exercer.

On a l'air de craindre que l'armée soit constitutionnelle. Pourquoi, si l'on veut réellement conserver la constitution ? Je n'y vois point d'inconvénient. Sans doute l'armée ne doit point influer sur la décision des affaires politiques et civiles ; mais peut-on raisonnablement interdire aux soldats la lecture de la Charte, et peut-on les empêcher de témoigner leur attachement pour elle ? Quant à moi, je ne puis concevoir que la connaissance des devoirs du citoyen puisse relâcher la discipline militaire. Comment ne voudrait-on pas que les soldats fussent attachés à la Charte, puisqu'elle leur assure la récompense due à leurs travaux, puisqu'elle règle leur avancement d'après des services et des talens réels, et non d'après une vaine distinction de naissance ?

Malgré les ordres du jour de certains colonels , il n'en est pas moins vrai que l'armée est essentiellement constitutionnelle : le fait suivant dont on m'a garanti l'authenticité, en est une preuve. Un général qui commande dans le midi a écrit qu'une légion qui était dans un fort sur les frontières d'Espagne , avait fraternisé avec un régiment de la Péninsule placé également sur la frontière. Les soldats des deux nations se sont réunis et ont crié : *Vive la France! vive l'Espagne! vive la constitution !* je ne sais si ce dernier cri aurait paru mal sonnant à l'oreille du général commandant la division ; mais il est de fait que la légion qui occupait le fort de Bellegarde a été remplacée par une autre légion qui a suivi l'exemple de la première. Le général agissant prudemment a jugé inutile de remplacer cette dernière, de peur que l'exemple ne devînt contagieux, et que si toutes nos légions venaient successivement séjourner sur la frontière, elles ne finissent toutes par crier, comme les braves Espagnols : Vive la constitution ! Vive la liberté !

Art. 4.

Quelques on dit.

Le passage de M. le comte de St. - Aulaire du côté des défenseurs de la Charte, donne quelques inquiétudes au ministère. *On dit* que M. Pasquier a fait plusieurs visites à ce député pour l'engager à voter en faveur de la nouvelle loi des élections ; il paraît que ses tentatives ont été infructueuses, et nous sommes certains que M. St.-Aulaire défendra avec zèle la noble cause qu'il vient d'embrasser. *On dit* même que quelques-uns de ses amis, qui siégent *au centre* et qui, malgré tout le désir qu'ils en avaient, n'ont pas osé voter contre les projets des ministres, ont été entraînés par son exemple, et que désormais, mandataires de la nation plutôt qu'agens du pouvoir, ils n'agiront qu'en faveur de la liberté. Nous ne chanterons pas encore victoire ; mais *on dit* que le nouveau projet ne passera pas. M. Courvoisier paraît décidé cette fois à parler et à voter selon le vœu de la France. Il est présumable que sa conduite lui méritera le même honneur qu'à M. Girardin, et qu'une flatteuse destitution lui vaudra l'estime de tous les bons Français.

— Les *ultrà* sont indignés de la conduite de l'ambassadeur du roi de Perse, qui, sans montrer la moindre déférence pour les nobles champions des *anciens us*, a cherché avec empressement le brave général Lafayette, et a donné à cet honorable député des preuves non équivoques de son estime et de son admiration. *On dit* qu'une noté secrète a été adressée aux ministres pour les engager à faire renvoyer l'ambassadeur jacobin, ou tout au moins pour déclarer la guerre à son souverain.

A propos du tirage au sort de la députation qui devait aller féliciter le roi le jour de l'anniversaire de son entrée à Paris, un noble député du côté droit s'est écrié, que le sort s'était montré *royaliste* ; tous les journaux *anti-français* ont répété ce bon mot, et l'ont enjolivé de ces réflexions douces et polies qu'ils emploient si fréquemment. Le sort vient encore de se montrer *royaliste* dans la composition du jury de cette session ; car, sur trente-six jurés, on en compte quatre qui ne sont pas *ultra*.... On doit juger pendant ces assises beaucoup d'écrivains prévenus d'avoir composé des écrits séditieux.........

— Le système de destitution, si fameux dans les beaux jours de 1815, est en vigueur plus que jamais. Depuis le garde champêtre jusqu'au préfet ; depuis le surnuméraire jusqu'au chef de division, tous les fonctionnaires publics se ressentent de ses heureux effets. *On dit* que plusieurs employés ont été destitués pour avoir refusé de s'abonner au *Drapeau blanc* ou à la *Quotidienne.*

— La plus grande injure qu'aient pu recevoir messieurs les *censeurs*, se trouve dans un éloge que leur adressait le *Drapeau blanc.* Il disait que s'il avait été chargé d'organiser la *censure*, il n'aurait pas choisi d'autres hommes que les censeurs nommés. Nous avions eu la *bonhommie* de croire à l'époque, qu'il plaisantait, nous sommes désabusés. Ses plaisanteries, tout aussi révoltantes qu'avant la *censure*, les personnalités qu'on lui permet, les injures qu'il répand avec prodigalité sur tous les hommes qui professent une opinion plus amie de la monarchie constitutionnelle que la sienne, nous prouvent qu'il parlait sérieusement. Où est cette *censure* paternelle que nous avait promise M. le ministre de l'intérieur, cette *censure* qui devait être exercée avec *douceur* et ne froisser aucune opinion ? Nous n'avons pas encore le bonheur de la connaître. Mais si M. Siméon ne nous a pas tenu parole, il n'en est pas de même de M. Pasquier, et la *partialité* qu'il avait *garantie* aux hommes monarchiques, n'est pas au moins une promesse vaine : on la retrouve dans toutes les feuilles *anti-libérales* ; elles calomnient tout à leur aise les habitans les plus recommandables de nos départemens ; et les journaux *constitutionnels* ne peuvent pas obtenir de messieurs de la censure de publier leurs défenses....

— *On dit* que la vie d'un honorable député qui a présenté un projet d'adresse pour faire connaître au roi la situation fâcheuse où la conduite des ministres a plongé la France, a été menacée.

— Les compagnies de *Brassards* à Bordeaux, de *Verdets* à Toulouse et *autres* aussi modérées sont réorganisées. *On dit* que la garde nationale que nous espérions devoir être recrutée d'une manière constitutionnelle, vient d'être *épurée* dans tout le midi comme elle le fut en 1815.

— *On dit* que M. le duc Decazes sera de retour à Paris vers le quinze de ce mois.

— *On dit* que M. Clausel de Coussergues doit donner suite à son accusation contre l'ancien ministre ; mais il ne le fera qu'après que la nouvelle loi sur les élections aura reçu la sanction des chambres et celle du roi, parce que alors *on dit* que. . . .

IMPRIMERIE DE MADAME JEUNEHOMME-CRÉMIÈRE, RUE HAUTEFEUILLE, nº 20.